춤추며 노래하는 가수 김남제

?

?

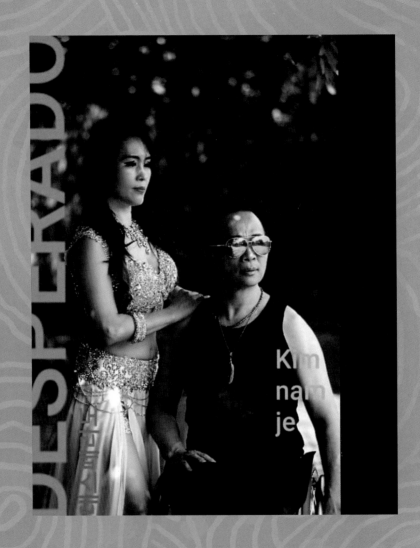

DESPERADO

Kim
nam
je

?

?

누구 시리즈 17

춤추며 노래하는 가수 김남제 - **누구 시리즈 17**
김남제 지음

초판1쇄 발행 2022년 11월 1일

지은이 김남제
펴낸이 방귀희
펴낸곳 도서출판 솟대
등 록 1991년 4월 29일
주 소 서울시 금천구 서부샛길 606, 대성지식산업센터 b동 2506-2호
전 화 02)861-8848
팩 스 02)861-8849
홈주소 www.emiji.net
이메일 klah1990@daum.net

값 12,000원

ISBN 978-89-85863-84-1 03810

주최 사 ▌한국장애예술인협회
후원 ◐ 문화체육관광부 ▛◢ 한국장애인문화예술원
Korea Disability Arts & Culture Center

17
누구 시리즈

춤추며 노래하는
가수 김남제

김남제 지음

스키 선수, 휠체어댄스스포츠 선수, 화가, 시인,
가수 김남제는 만능 예술인

도서출판
솟대

그래! 살아내자, 즐겁게

올해 61세, 비장애인으로 31년을 살았고 장애인으로 30년을 살았다. 장애인으로 살아가야 할 날이 많이 남아 있지만 이제 두렵지 않다. 나는 장애가 생긴 후 더 많은 일들을 하며 더 많은 경험을 했다. 이런 경험이 너무나 소중하기에 나는 장애를 원망하지 않는다.

다시 일어서고 싶다는 생각은 흐려져 가고 지금 하고 있는 일이 너무나 소중해서 노래 부르며 춤추기 위해 몸무게 58kg, 허리 28인치 체격을 유지하기 위한 몸관리에 최선을 다하고 있다.

다치기 전에는 미국, 프랑스, 일본 정도 갔었는데 장애인 선수로 활동하며 아시아는 물론 유럽 전 지역을 다녔다. 장애 때문에 기동성과 경험이 줄어든다는 것은 오해이다.

스키는 나의 뿌리이다. 그래서 꺾어도 시간이 지나면 다시 줄기가 뻗어 나온다. 그 줄기에 잎이 무성하게 된 것은 그림 그리는 화가, 캘리그래퍼, 휠체어댄스스포츠 선수, 휠체어현대무용, 춤추며 노래하는 가수라는 다양한 활동이 걸려 있기 때문이다.

그 잎에 가려 보이지 않는 작은 열매가 있다면 그것은 문학이다. 무엇인가를 하지 않으면 견딜 수 없었던 그 시절 나는 시를 썼다. 그래서 한맥문학으로 데뷔를 하고 2010년 시화집을 발간하였다.

공연은 연습하는 과정이 즐겁다. 선수 시절에는 결과를 위해 구슬땀을 흘렸다면 예술은 과정을 즐기기 위해 땀을 흘린다. 그래서 나는 춤을 추며 노래하는 가수가 좋다.

노년에는 다시 그림을 그릴 생각이다. 그래서 강릉집에 있는 작업실을 없애지 않고 그대로 두고 있다. 지금도 강릉에 가면 그 방에 있을 때가 가장 편안하다.

습관처럼 매일 아침 여명이 들 때면 잠에서 깬다.

쪽창으로 바라보이는, 먼 산에서 느끼는 검은 밤과 새 빛의 조화는 매일이 다르다.

수십 년 전 다쳤을 때, 나는 깊고 깊은 칙칙하고 공포스럽고 적막한

어둠 속에 갇혔었다.

그리고 어느 순간 어둠과 빛의 중간쯤에서 한참을 헤매며 울부짖곤
했다.

어떻게 살아가야 하는 것인지? 어디로 가야 하는 것이지? 나는 밀랍
처럼 굳어져만 갔다.

다치기 전 30년, 다쳐서 30년이 흘렀다.

장애인으로 살아간다는 것은 마라톤보다도, 특전사 천리행군보다
도 험난했다.

한 굽이를 돌고 또 넘으면 뭔가 새로운 희망이 보일 줄 알았다.

올봄의 나무 새싹들은 덧없이 연둣빛이 예쁘게 느껴졌다.

코로나로 삶이 더 팍팍해졌고 사는 것이 각박할 만큼 힘들어지니, 오히려 마음이 고요해진다는 느낌이 든다. 죽기밖에 더하겠어.

고요해지는 마음은 왜 드는 걸까?

결심했다가 잊어버리고, 다시 결심했다가 잊어버리기를 반복했어도 가을빛 익어 가는 노을과 붉은 추상처럼 이미 내 정신 속에 자리잡은 그것은 긍정 마인드였다.

나는 요즘 숨 쉴 수 있음에 감사하고, 향기 나는 내 사랑하는 사람들이 있어서 좋다.

그래! 살아내자, 즐겁게.

2022년 여름비 내리는 날 오후
김남제

차례

학창 시절

아, 그날

...

나는 여섯 살 때부터 스키를 탔다. 초등학교 3학년부터 대학을 졸업할 때까지 스키 선수로 활동하며 1980년부터 1985년까지는 국가대표 선수였다. 학사장교로 입대하여 특전여단 중위로 전역하였는데 군복무를 특전사에서 한 것은 운동으로 다져진 건강으로 군 생활에 자신이 있었기 때문이다.

스물일곱 살에 무주리조트 스포츠운영팀에 입사하여 스키 강습 등 열정적으로 사회생활을 하고 있던 1992년. 어린이날을 앞두고 무주리조트에서 어린이날 행사를 준비하였는데 큰 행사여서 기획사와 함께 진행하였다. 나는 패러글라이더 착륙지점이 좁아서 위험하다는 의견을 냈지만 관객들이 잘 볼 수 있어야 한다며 내 의견은 무시되었다. 그런 문제점을 안고 행사가 진행되었다.

5월 4일 총리허설을 하는 날이었다. 그날따라 봄바람이 세차게 불었다. 패러글라이더를 타고 이륙을 하면 스키리프트를 중지시켜야 하는데 이상하게 스키리프트가 작동하고 있었다. '아, 왜 저러지?'라

고 생각한 순간 패러글라이더 줄이 운행되는 리프트에 살짝 스치는 느낌이 들었는데 패러글라이더 줄이 리프트 롤러에 감겨들어 가면서 나는 빠른 속도로 추락하고 있었다. 나에게 하반신마비 장애가 생기는 순간이었다. 특전사에 복무하며 낙하산을 수없이 탔건만 속수무책이었다.

사람들이 내 주위로 몰려들고, '119, 119 불러! 빨리, 빨리!' 이런 소리들이 아득하게 들렸다. 광주 조선대학병원으로 실려가면서 나는 심각하게 생각하지 않았다. 운동을 하다가 다리를 다치고, 팔을 다쳐서 병원에 가는 일이 여러 차례 있었고, 선수들은 부상이 다반사라서 또 다쳤구나 정도로 가볍게 생각했다.

하지만 병원에 도착했을 때 상황이 심각한 듯 느껴졌다. 의료진들이 바쁘게 오고가는 모습을 물끄러미 바라보고 있었다. 다친 부위가 너무 부어올라서 바로 수술을 할 수 없다고 했다.

닷새 후 왼쪽 골반 뼈를 떼어서 척추 9번에서 12번 사이의 뼈들을 잇는 대수술을 하였다. 척추에 지지대를 세워야 해서 철심을 박았다.

고등학교 때 겨울방학을 하루 앞두고 축구를 하다가 태클에 걸려 왼쪽 다리가 완전히 돌아갈 정도로 다쳤어도 시간이 지나자 언제 다쳤냐는 듯이 제모습으로 돌아왔던 적이 있어서 나는 안심하고 있었다.

수술만 하면 모든 것이 해결될 줄 알았는데 송곳으로 찌르는 듯한 통증 때문에 아무 생각도 할 수가 없었다. 그저 아프지 않았으면 살 것 같다는 아주 단순한 생각뿐이었다. 가족들도 마찬가지였다. 그저 남편의 신음과 절규가 멈추기를 바라며 간병을 하고 있었다.

　보름쯤 지났을 때 후배들이 찾아왔다. 장정들이 온 김에 씻기로 하였다. 그래서 병원 샤워실에 들어가서 옷을 벗고 처음으로 다리를 봤다. 깡말라 버린 다리가 무서웠다. 내 다리가 아닌 것 같았다. 15일 만에 어떻게 이렇게 근육이 확 빠져나갔는지 알 수가 없었다. 마치 뭔가를 도둑맞은 박탈감에 가슴이 서늘했다. 후배들은 온몸에 덕지덕지 붙은 때를 밀어내며 신기하다는 듯이 말했다.
　"때가 장난이 아닙니다."
　"국수 같은 때라고 하더니 맞네요. 국수."
　그런데 정말 신기한 것은 후배들이 다리를 잡고 때를 미는데도 눈을 감으면 무엇을 하는지 전혀 느껴지지 않는다는 사실이었다. 통증은 느끼는데 사람이 손으로 다리를 만지고, 피부를 빡빡 미는데도 아무런 느낌이 없다는 것이 믿어지지 않았다. '어떻게 이걸 모를 수 있지?'라며 내 다리 구석구석을 만져 보지만 아무런 감각이 없었다.
　그래서 나는 혼자 휠체어를 밀며 의사를 찾아갔다. 담당 의사는 참혹하게 말했다.
　"하반신마비로 휠체어 생활을 해야 합니다."
　"걷지 못한다는 말씀인가요?"
　"지금부터는 재활훈련이 필요합니다."
　나는 의사의 말을 끝까지 듣지 않고 나와 버렸다. 사람들이 없는 등나무 아래에서 속에 있는 것을 다 토해 내듯이 꺼억꺼억 울었다. 나는 미칠 것 같은데 의사는 너무나 사무적으로 내 삶에 대한 불행을 아무렇지도 않게 말하는 것이 야속했다.

그날 이후 잠이 오지 않았다. 완전히 망가져서 내던진 로봇 인형처럼 몸이 망가졌다는 생각에 솔직히 두려웠다. 간병을 하느라고 지친 가족들에게 화풀이를 했다.

그러던 어느 날 뜻밖의 손님이 찾아왔다. 젊은 여자가 몇몇 남자들과 함께 들어와서 자기도 사고로 다쳐서 다시는 못 걷는다는 진단을 받았지만 서울에 있는 신촌세브란스에서 치료를 받고 마비가 풀려서 다시 걷게 되었다고 하였다. 다시 걷게 된 사람이 있다는 사실 하나로 그 기적이 나에게도 일어날 수 있다는 동아줄이 되었다.

처음부터 시작

...

　병원에 대해 잘 알고 있던 선배에게 신촌세브란스병원에 가고 싶다고 부탁을 했다. 선배는 자기 일처럼 재활의학과 입원을 도와주었다. 나중에 알고 보니 그 병원에 입원을 하려면 6개월 이상을 기다려야 하는데 선배가 박창일 교수님에게 애절하게 간곡히 편지를 써서 보낸 덕분에 바로 입원을 할 수 있었다.

　신촌세브란스에서 광주까지 보내 준 앰뷸런스를 타고 서울로 향했다. 서울로 향하면서 나는 막연한 희망이 생겼다. 뭔가 지금보다는 좋아지리라는 기대를 하고 있었다.

　신촌세브란스 재활병원 앞에 앰뷸런스가 멈추었을 때 커튼을 젖히고 밖을 내다보았다. 환자복을 입고 휠체어에 앉아서 담배를 피우는 사람들이 있었는데 얼굴 표정이 아주 밝았다. 뭔가 재미있는 얘기를 나누고 있는 듯하였다.

　그들은 현재 대한장애인체육회 회장인 정진완과 지금은 세상을 떠났지만 아이스하키 선수였다가 다쳐서 척수장애인이 된 이성근이었다. 그들은 내 인생의 첫번째 조력자였다.

세브란스병원 재활의학과에 5개월 정도 입원해 있는 동안 정말 많은 것을 알게 되었다. 나처럼 하반신이 마비되는 경우도 있지만 목 아래부터 마비된 전신마비 장애인도 있고, 휠체어 종류도 몸의 상태에 따라, 또 사용 목적에 따라 다양한 유형이 있다는 것을 알았다.

그리고 가장 중요한 것은 대소변 관리였다. 시간에 맞춰 카테타를 이용해 소변을 뽑기도 하고, 배 아래쪽을 눌러서 소변이 나오도록 하기도 하는데 방광에 소변 잔량이 남아 있으면 요로 감염으로 열이 확 올라와서 의식을 잃게 된다고 하였다. 그래서 물을 많이 마시고 4시간마다 규칙적으로 빼내는 것이 좋다고 말해 주었다. 대소변 관리를 잘 해야 건강을 유지하며 다시 사회활동을 할 수 있다고 하여 가르쳐 주는 대로 열심히 몸 상태를 만들어 갔다.

나는 사고가 났을 때 이미 두 아이의 아빠였다. 첫째 딸과 둘째 아들이 연년생이었다. 아들은 태어난 지 10개월밖에 되지 않았다. 나의 사고는 단란했던 우리 가정은 물론 부모님과 형제들 모두에게 큰 위기로 닥쳤다. 아내는 병원에서 남편 병간호를 해야 해서 아이들을 돌볼 수 없었다. 그래서 대기업에 다니던 여동생이 교통사고로 병가를 내고 쉬고 있었는데 우리 아이들을 돌보기 위해 퇴사를 결정하게 되었다.

여동생이 어머니와 함께 아이들을 돌봐주게 되어 한숨 돌리고 나니 이번에는 신촌세브란스에서 퇴원을 종용했다. 병원 밖으로 나가면 나는 어떻게 살아야 하나 엄두가 나지 않았다. 또다시 병원을 알아봤다. 이번에는 부평중앙병원으로 다시 입원하였다. 처가가 부평이어서 도움을 받을 수 있었기 때문이다. 부평중앙병원에 있으면서 사회에 나갈 준비를 더 이상 미룰 수 없다는 절박감이 들었다. 그래서 집을 구하고 운전면허를 장애인용으로 다시 취득해서 받았다. 그리고 나서 우선 딸을 데려왔다. 아들은 아직 어려서 손길이 많이 필요했기 때문에 좀 더 안정된 후에 데려오기로 했다. 예전처럼 식구들이 모여 살게 되었다.

병원에서는 내가 움직일 수 있는 공간도 많았고, 같은 아픔과 고통을 가진 사람들끼리 이런저런 얘기를 나누며 서로를 위로하면서 지내다가 집에 오니 완전히 갇혀 버렸다. 나 혼자 우주 어느 행성에 혼자 있다는 고독감 속에서 내 정신은 피폐해 갔다.

아내도 조금씩 지쳐 가고 있었다. 아내를 쉬게 하려고 저녁때 처갓집으로 보냈다. 잠이라도 편히 자라고… 내가 아내를 위해 해 줄 수 있는 일은 그것밖에 없었다. 그런데 아내보다 딸아이에게 더 신경이 쓰였다. 나는 내 아이가 아빠를 어떻게 생각할까 그것이 두려웠다. 아무것도 하지 않는, 아무것도 할 수 없는 아빠가 되면 안 된다는 생각에 뭔가를 해야 하겠다는 강박증이 생겼다.

재활병원에서 훈련을 받으며 중도장애인들이 무엇을 하는지 알게 되었다. 보통 양궁, 탁구 등 운동을 하거나 그림을 그리면서 화가로 살아가는 등 몇 가지 방법밖에 없었다. 내가 했던 운동 스키는 그 당시 장애인 종목이 생기지 않아서 할 수가 없었다. 그래서 그림을 그리기로 하였다. 학생 시절, 사진을 앨범에 그냥 꽂지 않고 예쁘게 디자인을 해서 꾸미는 것을 좋아했는데 그런 내 앨범을 보고 예쁘다고 칭찬하였던 기억이 났다.

마침 아내 지인 가운데 미술을 전공한 사람이 있어서 그 사람한테 미술 공부를 하였다. 그는 일주일에 두세 번씩 집으로 와서 그림을 그리는 데 필요한 기초를 가르쳐 주었다. 그림 공부를 할 때는 잡념이 들지 않아서 좋았다. 작은 붓 하나로 아름다움을 만들어 낼 수 있다는 것이 너무 신기하고 즐거웠다.

3개월 정도 배웠을 때 장애인복지신문에 소울음이라는 장애인화실에서 회원을 모집한다는 기사를 보았다. 그림 공부 선생님이 점점 바빠지고 있던 터라 미술 공부를 못할 수도 있다는 불안감이 있었는데 장애인화실이 있다는 소식에 눈이 번쩍 띄었다. 그래서 당장 찾아갔다.

소울음은 안양에 있었는데 엘리베이터가 없는 2층이라서 자원봉사자들이 일일이 들어올리는 수고스러움이 있었지만 화실 안으로 들어가니 휠체어에 앉아서 그림을 그리는 화가들이 많았다. 그 모습이 너무 멋있었다. 침대휠체어에 누운 자세로 손님을 맞는 화실의 대장 최진섭 작가도 사고 후 그림으로 자신의 일을 찾고 자신과 같은 처지에 있는 동료들을 위해 장애인화실을 만들게 되었다고 소개해 주었다.

그곳에서 지금 화가로서 기반을 다진 탁용준과 (재)한국장애인문화예술원 이사장이 된 김형희가 있었다. 우리는 그림을 택한 척수장애인이라는 공통점으로 동료의식을 갖게 되었다.

  나는 그림 그리는 것이 너무 좋아서 안양까지 매일 달려갔다. 우리는 '그림 사랑'이라는 동호회를 만들어 전시회를 갖는 등 활발한 활동을 펴갔다.

그림이 좋아

...

　그러던 어느 날 벽산그룹에서 전시회를 열어 주겠다는 제안이 들어와서 '아웃사이더 5인전'을 개최하게 되었다. 그때는 청각장애화가들의 모임인 농미회가 가장 활발했다. 그래서 중도에 장애를 갖게 된 지체장애인 위주로 모여서 그림 활동을 하는 '그림 사랑'이 주목을 받았다. 우리의 첫 전시회 '아웃사이더 5인전'은 큰 반향을 일으켰다.

　우리는 동호회를 확대시켜서 협회를 만들기로 하였다. 한국장애인미술협회 창립을 위해 4명이 모임을 계속하면서 준비를 했다. 우리가 협회 창립을 목표로 장애인화가들을 모으기 시작했는데 협회의 필요성을 느끼고 있는 사람들이 많아서 단숨에 회원 100명이 모였다.

　1995년 창립대회를 갖고 우리 발기인 가운데 가장 연장자인 방두영 화백을 회장으로 모시고 출발하였다. 협회를 만들고 이듬해 하와이로 스케치 여행을 떠났다. 모기업에서 후원을 해 주기로 하여 준비를 했는데 후원이 취소되었지만 준비를 했던 것이라 작가들이 자비로라도 진행하자고 하여 해외 스케치 여행을 하였다.

　모두 10명이 참여했는데 하와이에서 스케치를 하였거나 그곳에서 받은 영감으로 그린 작품으로 잠실롯데백화점 전시실에서 귀국 전시회를 하였다. 장소가 좋아서인지 당시 톱스타였던 태진아와 견미리 씨가 전시실 안으로 들어왔다. 우리는 톱스타 등장에 너무나 놀라서 아무 말도 못하고 있었는데 두 분이 찬찬히 아주 세밀히 작품 한 점 한 점을 감상하더니 견미리 씨가 작품을 사겠다고 했다.

　"우연히 들렀는데 작품이 너무너무 좋아요. 저 두 개 작품 구입할 수 있나요?"

　견미리 씨가 지목한 작품은 〈힐로의 풀꽃〉 1, 2인데 그 작품은 다름 아닌 내 작품이었다. 나는 로또를 맞은 기분이었다. 힐로는 하와이 와이키키 마우이섬 끝자락에 위치한 작은 섬인데 그곳에 갔을 때 바닥에 다닥다닥 붙은 듯한 풀꽃을 보았다. 쭉쭉 뻗어 올라간 아열대 나무들만 있는 줄 알았는데 끝없이 펼쳐진 해변 끝에 조용한 섬이 있고, 그 섬에 작디작은 풀꽃이 있는 것이 너무나 신기했다. 뒤돌아보니 세상 밖으로 나오기 전에 내 안에 갇혀 있던 나 자신과 같다는 생각이 들었다. 그런데 그 이름 모를 풀꽃이 너무나 아름다웠다. 그 아름다움을 화폭에 담고 싶어 스케치도 하고 사진도 찍었다.

　나는 내 느낌을 내 시각으로 표현하기 위해 동굴 안에 풀을 넣고 동굴 밖은 돌을 갈아서 반죽한 후 붙였다. 질감이 있어서 색다르게 느껴지는 작품이었다. 작품을 판매하고 나니 작가로서의 자존감이 생겨서 미술 공모전에 도전을 하였고, 1996년 대한민국미술대전에 입선하여 실력을 인정받았다. 그 전에 대한민국장애인미술대전과 한국기독교미술대전에서 입선과 특선을 하였지만 권위 있는 미술대전에서 입선을 하니 더욱 자신감이 생겼다.

1995년 『솟대문학』 가을호 통권 19호 표지를 내 작품으로 장식했다. 『솟대문학』은 2015년 100호로 폐간이 되었지만 당시 인기는 대단했다. 그때는 장애인예술 활동이 지금처럼 활성화되지 않아서 장애문인들이 자신의 작품을 발표할 장이 있다는 것에 큰 자부심이 있었다. 그런 문예지의 표지 그림 요청을 받고 나는 그 어느 때보다 정성을 기울였다.

『솟대문학』 19호 표지(1995년 가을)

한동안 잊고 있었는데 최근 한국장애예술인협회를 방문했을 때 협회 한쪽 벽면을 장식하고 있는 『솟대문학』 책꽂이 둘째 줄에서 표지가 내 작품인 『솟대문학』 19호를 발견하고 마치 잃은 보석을 찾은 듯이 기뻤다.

개인전을 4차례 개최하였는데 첫 개인전은 2000년 강릉문화예술

회관 제2전시실에서 40여 점의 작품을 선보였다. 내 자신이 놀랄 정도로 많은 분들이 찾아 주셨다.

관동대학교 미술대학 학장님이 전시회를 보시고는 대학원에 와서 공부를 하면 화가로 크게 성공할 수 있겠다는 말씀을 주셨던 것이 큰 용기를 주었다.

두 번째 전시회는 2006년 인사동 경인미술관에서 가졌는데 서울에서 열리자 학사장교 친구들, 스키 선후배 등 많은 지인들이 찾아와서 작품을 사 주어 전시 작품 37점이 모두 판매되어 어리둥절하였다. 큐레이터도 전시회 완판은 쉬운 일이 아니라고 놀라워했다.

개인전 외에도 그룹전 150여 회에 참여했다.

그때는 나에게 그림이 전부였을 정도로 작품 활동에 빠져 있었다.

다시 스키를 타다

...

　부평에서 4년쯤 살면서 나는 장애인으로 살아가고 있었지만 아내는 나만큼 장애에 익숙해지지 않는 듯했다. 설원을 달리던 남편의 모습, 직장에서 자신감 넘치게 일하던 모습을 기억하고 있었다. 그림이 직업이 되지 않기에 아내는 그림이 아닌 다른 일을 원하고 있었는지도 모른다.

　장애인 문제를 아내와 공유하자고 하는 것은 염치 없는 일이란 생각이 들었다. 그래서 나는 아내를 보내 주기로 했다. 하지만 아내는 내 제안을 받아들이지 않았다. 나는 아내와 헤어지기 위해서는 강릉 고향으로 가야겠다고 생각했다. 그래서 집을 팔자고 했다. 내 결심이 확고하다는 것을 보여 주기 위해 집을 내놓았는데 생각할 틈도 없이 집이 덜컥 팔렸다.

　당시 큰아이가 초등학교 입학을 앞두고 있었기 때문에 아이를 위해서라도 서둘러 강릉으로 향했다. 강릉에 가니 부모님도 있고 형제들도 있어서 나와 아이들을 보살피느라고 지친 아내의 수고가 덜

어졌다. 바로 친정 옆에서 살다가 강릉으로 터전을 옮긴 후 서울 나들이들이를 하면 친정집에서 오랫동안 머무르게 되었는데 그것이 서로 헤어지는 연습이 되었다.

지금 우리 아이들은 엄마와 만나기도 하고 원할 때마다 함께 지내기도 하면서 자연스럽게 지낸다. 아이들의 엄마라는 것은 변함 없는 사실이다. 아이들이 이미 성인이 되고 나니 아빠도 이해하고 엄마도 이해한다. 지금 와서 생각해 보니 가정 문제는 시간이 해결해 주는 것 같다.

서울에서는 스키를 부자들이나 할 수 있는 스포츠이고, 선수도 가정 형편이 좋아야 한다고 생각하지만 자연 환경이 나를 스키 선수로 키웠다. 횡계에서 초등학교에 입학했을 때 스키부가 있었다. 스키부 학생들은 오렌지색 유니폼을 입고 있었는데 당시는 추리닝이 일반화되지 않아서 그 옷이 참 멋있어 보였다. 그래서 멋도 모르고 스키부에 들어갔다. 여섯 살 때부터 스키를 탔기 때문에 스키는 특별한 운동이 아니라 나의 삶 자체였다.

하지만 다치고 나서는 스키의 '스' 자도 듣기 싫었다. 그리고 이상하게 휠체어를 타고 몸을 움직이는 활동, 특히 체육에 거북감이 생겼다. 왠지 구차해진다는 느낌이 들었다. 그래서 스키 선수였던 사람이 장애인이 됐다는 것을 알고 한국장애인복지진흥회에서 스키캠프에 참여하라는 연락이 왔을 때 냉정하게 거절했다.

집에만 있는 나를 위해 친구들이 놀러가자고 하여 진부령 알프스

스키장에 갔다. 다친 후 스키장을 처음 찾은 것인데 스키 장비를 어깨에 둘러메고 걸어가는 모습을 보니 내 자신이 너무 초라해졌다. 내가 여기에 왜 왔나 싶었다.

현업 시절 스키장에 들어서는 사람들을 보며 실력자와 초보자를 감별하며 으스대던 때가 떠올랐다. 사람들의 행동을 보고 재미있어하던 것이 얼마나 어리석었는지를 반성하게 되었다. 나는 그날 다시는 스키장에 오지 않겠다고 다짐했다.

1995년 한국장애인복지진흥회에서 비디오테이프를 보냈다. 한참 후에 비디오를 틀어 보니 미국 장애인 선수가 체어스키로 멋진 카빙 스키를 하는 것이었다. 눈이 번쩍 띄었다. 그 모습이 무척 다이나믹했다. 탄성이 절로 나오는 스피드와 점프, 그 기술력에서 인간의 위대함을 느낄 수 있었다.

장애인스키에 대해 자세히 알아보니 종목도 활강, 슈퍼대회전, 대회전, 회전으로 올림픽과 같았다. 내가 생각하는 장애인스키가 아니었다. 아주 멋진 경기였다. 그래서 다음해 진흥회에서 주최하는 장애인스키캠프에 참여하게 되었다. 그곳에 가자 한상민 선수가 있었다. 그는 이미 1년 전부터 장애인스키를 하고 있었다. 캠프에서 좌식 스키에 대한 강습을 받고 바로 실전에 돌입했다.

"남제 씨는 스키 선수였기 때문에 금방 익숙해지실 거예요."

강사의 말에 나도 그럴 것 같았지만 막상 체어스키에 몸을 싣고 설원에 나가자 그동안 서서 타던 스키와는 완전히 달랐다. 스탠딩 스키는 두 다리로 밸런스를 잡기 때문에 실수를 해도 빨리 바로잡을 수가 있었는데 싯팅스키는 밸런스 잡기가 힘들어서 부딪히면 튕겨져 나가 무참히 전복되었다. 화면으로 볼 때는 쉬워 보이던 것들이 너무나 어렵다는 것을 알았다. 무릎과 허리를 쓰지 않고 좌식 의자에 붙어 있는 쇼바스프링을 이용해서 엉덩이로 점프를 한다. 크게 점프를 하려면 스프링을 깊숙이 눌러야 하고, 살짝살짝 누르면 찰랑찰랑한 느낌으로 달린다. 그렇게 경기를 운영하기 위해 장애인 선수들이 얼마나 노력했는지를 생각하니 가슴이 뭉클해졌다.

스키 실전을 하고 나오니 일본인 스키어가 와 있었다. 그런데 그 사람의 스키 장비를 보니 우리나라 장비와는 달리 좋아 보였다. 최신 선수용이었던 것이다. 마침 식사를 할 때 같은 식탁에 앉게 되어 스키 장비에 대한 얘기를 많이 나누었다. 그에게 스키를 나에게 팔라고 하자 그는 싫다고 했다. 보통 선수들은 자기 장비에 많은 애착을 갖게 되기에 이해가 됐다.

그런데 다음 날 아침 노크 소리에 문을 열어 보니 그였다. 비행기 시간 때문에 일찍 간다는 인사를 하며 스키 장비를 내밀었다. 좋은 선수가 될 수 있을 것 같아서 나에게 스키 장비를 팔겠다고 했다. 진심이 통했다. 원하던 것을 손에 넣자 잘할 수 있을 것 같은 자신감이 생겼다.

그 장비들 들고 리프트를 타고 올라갔다. 올라가서 내려다보니 저 멀리 실버라인 코스가 끝없이 펼쳐졌다. 다치기 전에 저 은빛 실버라인을 자유자재로 활강하던 선수 시절이 떠올랐다. 눈물이 주르륵 흘러내렸다. 억울했다. 서글펐다. 어쩌다 내가 이렇게 됐을까? 저

강원래와 함께

실버라인은 가지도 못하고 낮은 옐로우코스에서 앉은 자세로 스키를 타면서 온몸에 충격이 느껴졌다. 그때 결심했다. 일단 해보자고….

나는 선수로 도전하게 되었다. 2년 후 일본 나가노에서 동계패럴림픽이 열리게 되어 국가대표 선수 선발을 앞두고 있었다. 무난히 국가대표 선수로 선발되어 1998년 한국 선수로는 최초로 좌식스키로 나가노동계패럴림픽에 출전했다. 나는 태극마크를 달고 올림픽에 출전하며 대한민국 선수로서 당당한 모습을 보여 준 것만으로 자존감이 생겼다. 겨울스포츠는 장애인 선수가 많지 않아서 선수 생활에 큰 경쟁은 없었다.

하지만 선수 생활은 장애인이건 비장애인 선수이건 항상 불안하다. 승자와 패자가 분명하기 때문이다. 그래서 늘 이겨야 한다는 강박이 있다. 항상 승자인 선수는 없다. 언젠가는 승자의 자리를 내주어야 한다. 그리고 은퇴도 고려해야 한다. 장애인체육계는 선수 생활을 오랫동안 할 수 있는 것이 큰 장점이지만 나는 지도자 자격증의 필요성을 알고 있었다. 다치기 전에도 스키 지도자 자격증이 있었기 때문에 국가자격 코치아카데미 교육을 받고 코치지도자 2급 자격증(세부종목 스키)을 획득하였다.

나는 코치로 활동하기 위한 준비를 했다. 코치는 선수의 장단점을 파악해야 한다. 우선 선수의 신체 조건을 잘 이해해야 한다. 그래야 어느 기술이 어느 정도 효과를 볼 수 있는지 알 수 있다. 그래서 장애를 경험하고 있는 장애인 코치가 더 유리한 점도 있다.

장애인 선수에게 가장 필요한 것은 자신감이기 때문에 선수들에게 기술 습득 외에 정신 훈련도 시켜야 하기에 내가 사용했던 방법을 선수 성향에 따라 강약을 조절하여 전수해 주기로 하였다.

　2002년 솔트레이크동계패럴림픽에는 선수 겸 감독으로, 2006년 토리노동계패럴림픽에는 감독으로 한국 대표팀을 이끌었다. 나는 2002년 솔트레이크동계패럴림픽에서 감독으로서 한상민 선수를 장애인은 물론 일반 동계올림픽 사상 최초로 설상종목에서 은메달을 획득하게 하는 역사를 썼다. 그것은 동계올림픽에 약체였던 대한민국의 위상을 세계에 알리는 계기가 되었다.

　2014년 소치동계패럴림픽 폐막식 공연을 하며 4년 후 대한민국에서 개최되는 2018평창대회를 홍보하는 역할을 하였다. 2018년 평창동계패럴림픽에서 알파인스키 국가대표 감독을 끝으로 체육계의 활동은 마무리를 하였다.

　20년 동안 장애인동계스포츠에서 스키 선수로 시작하여 코치로 감독으로 독보적인 활약을 한 한국 장애인스키의 전설이라는 과분한 칭찬을 받고 있다.

휠체어로 춤을 추다

...

다치고 나서 처음 시작한 그림은 몸을 움직이지 않고 자기 혼자 자신의 정신세계를 표현할 수 있어서 좋았다. 그림을 그릴 때는 화폭에 점과 선으로 면을 만들고 그 면 안에 채색을 해 나가는 과정에 몰두하여 잡다한 생각들을 잊을 수 있었다. 그런데 그렇게 움직이지 않고 낮이나 밤이나 작업을 하다 보니 살이 쪘다. 몸이 비대해지니까 휠체어에서 침대로 자동차로 거꾸로 침대와 자동차에서 휠체어로 이동하는데 힘이 들었다. 그래서 운동이 필요했다.

스키는 동계종목이고 국제대회 출전 기회가 많지 않아서 어떤 운동을 할까 생각하다가 휠체어댄스스포츠에 도전하였다. 원래 춤추기를 좋아했기에 도전이 즐거웠다.

휠체어댄스스포츠를 처음 접한 것은 2005년이었다. 그때가 마흔네 살로 댄스스포츠를 시작하기에는 늦은 나이였지만 나의 열정은 그 어느 때보다 싱그러웠다. 그런데 휠체어댄스스포츠를 배울 수 있는 곳이 없었다. 그래서 일반 학원에서 라틴 종목인 쌈바, 차차차,

룸바, 파소도블레, 자이브를 배웠다. 룸바곡에 맞춰 춤을 출 때는 나도 모르게 눈물이 났다. 아이들 엄마를 보낸 시기여서 슬픈 곡에 감정이입이 되었다. 어려웠던 시기를 춤을 배우며 이겨 낼 수 있었다. 스키를 한 것이 휠체어댄스스포츠에 많은 도움이 되었다. 스키의 스윙, 턴 등의 리듬이 댄스의 리듬과 같았고, 스키의 각잡기도 휠체어로 춤을 출 때 필수적인 기술이다.

혼자 춤을 배우다가 학원생이던 학생들이 파트너가 되어 주어 콤비를 해 볼 수 있었다. 스키는 거대한 자연에서 스피드와 싸우는 것이어서 담력이 필요한 자기와의 고독한 싸움인데 반해 댄스는 파트너십이 중요했다. 파트너와 호흡을 맞추기 위해 턴을 어떤 속도로 몇 번을 해야 나는 12시 방향, 파트너는 6시 방향에서 시선을 맞출 것인가를 계산하여 서로 맞추는 것이 필요했다. 누구 한 사람의 실력이 뛰어난 것보다는 서로 배려하며 소통해야 아름다운 춤이 되었다. 경쟁자를 무너트리는 것이 아니라 함께 나누어야 승리할 수 있는 것이 춤이었다. 그래서 나는 춤을 통해 인생을 배웠다.

그러다 2010년 경기도 대표로 전국장애인체육대회에 룸바로 출전하여 3위를 하면서 선수 생활을 시작하였다. 그 후 2012년 일본에서 개최된 휠체어댄스선수권대회에 출전하여 콤비 라틴 5개 종목에서 강력한 눈도장을 찍었다. 당시 일본 스즈키 선수가 일인자로 독식하고 있었고 한국 심판도 없는 최악의 상태에서도 스즈키 선수를 꺾고 우승을 하는 이변을 일으켰다. 2012년에는 파트너 김나현 선수를 만나면서 휠체어댄스스포츠의 최강자로 떠올랐다. 2012년 아

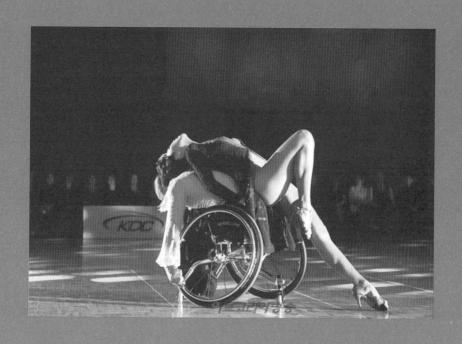

시아권에서 참여한 대만컵세계선수권대회에서 1등을 하여 그날 저녁에 대만 그랜드호텔에서 개최된 세계라틴댄스스포츠챔피언 마이클&조안나 디너쇼에 게스트로 무대에 올라 공연을 하였다. 마이클&조안나 공연을 보기 위해 티켓을 구매해서 온 관객들이 홀을 꽉 채웠다. 장애인댄스스포츠 출연자는 나 혼자였는데 오전에 경기를 했을 때보다 더 떨리고 관객의 뜨거운 호응에 더 신이 났다.

2013년 러시아세계선수권대회에서는 결승에 올라 아시아 최초로 프리라틴 종목에서 세계 3위, 콤비라틴 5개 종목에서 세계 4위를 기록하며 대한민국의 휠체어댄스스포츠를 세계적인 수준으로 끌어올렸다. 휠체어댄스스포츠는 올림픽이 없기 때문에 세계선수권대회가 가장 큰 대회이고 보면 세계적인 선수가 된 것이다.

2018평창동계올림픽 바로 전 대회는 2014년 러시아에서 개최한 소치동계올림픽이다. 동계올림픽과 함께 동계패럴림픽도 개최되기에 장애인계에서도 2018평창동계패럴림픽을 홍보하는 것이 중요했다.

2014소치동계패럴림픽 폐회식에서 우리나라는 다음 개최국으로 장애인올림픽기를 전달받고 한국의 장애인을 소개하는 공연 순서가 있었다. 뜻밖에 그 공연준비팀에서 연락이 와서 무용수로 참여하게 되었다. 휠체어 무용수 10명, 비장애인 무용수 20명, 모두 30명이 모여 3개월 동안 연습을 했다. 휠체어 무용수 10명 가운데 실제 장애인은 나 혼자였다. 그래서 휠체어 사용법을 내가 많이 가르쳐 주었다. 마지막 일주일은 합숙을 하며 메인스타디움과 같은 크기의

공간에서 리허설을 했다. 연습을 할 때는 힘들었지만 막상 소치올림픽 메인스타디움 무대에 나가는 순간 애국심이 불타올랐다. 우리가 대한민국을 대표해서 우리나라의 모든 것을 보여 주어야 한다는 사실이 우리 모두를 똘똘 뭉치게 만들었다.

무대 한가운데에서 감전사고로 두 팔을 잃고 의수로 수묵크로키라는 독특한 장르를 개척한 석창우 화백이 퍼포먼스를 하는 동안 우리는 군무를 펼쳤다. 객석 관중들의 반응이 폭발적이었다. 우리는 정신을 집중하여 우리가 준비한 모든 안무를 한 치의 실수도 없이 멋있게 해냈다. 쏟아지는 박수 세례를 받으며 대한민국 국민이라는 그리고 휠체어무용수라는 것에 감사한 마음이 들었다.

지금은 스포츠가 아닌 휠체어댄스로 일반 무대에서 공연을 한다. 전국체전이나 국제대회는 곡이 정해져 있지만 일반 공연을 할 때는 관객에 따라 유행하는 노래를 선택하고 그 리듬과 가사에 맞춰 안무를 짠다. 처음에는 전문가의 도움을 받았지만 지금은 파트너와 의논하며 함께 공연 준비를 한다. 우리 공연을 본 분들은 장애인 공연의 진가를 발견하고 열렬한 팬이 되기에 나는 항상 최선을 다한다.

아내를 보내고 나는 혼자 살기로 결심했다. 가정을 지키지 못한 내가 또다시 가정을 꾸린다는 것은 양심 없는 일이라고 생각했다. 휠체어댄스스포츠 선수 생활을 하면서 파트너 무용수가 여자이기 때문에 춤과 관련된 일을 하는 여성들을 많이 만나게 되었지만 모두 동생처럼 대했다.

2014년 초에 세 명의 여성 밸리댄서들로 구성된 벨라퀸 공연을 보았는데 정열적인 춤이 아주 매력적이었다. 그래서 함께 공연을 하게 되었다. 벨라퀸 리더는 무뚝뚝한 성격이었다. 다른 멤버들은 오빠, 동생하면서 금방 친해졌는데 리더는 전혀 친해질 마음이 없었고 오히려 찬바람이 불었다. 같이 회식을 하는 자리에서도 별로 대화를 하지 않을 정도로 거리감이 있었다. 너무 원칙적이어서 재미가 없었다.

하지만 그녀는 남들이 무관심한 부분을 세밀히 신경을 써 주었다. 내가 갈 수 없는 곳을 가자고 하면 강력히 반대를 한다거나 음식점 안에 들어갔을 때 휠체어가 통과할 수 있도록 길을 만들어 주었다. 그녀는 나한테만 그렇게 해 주는 것이 아니라 다른 뇌성마비 친구들에게도 거리낌 없이 대해 주었다. 밸리댄스 공연에 초대하기도 하고 가끔 장애인들과 함께 극장에 간다거나 커피숍에 갈 때 쏟아지는 사람들의 낯선 눈길을 부끄러워하는 사람도 있는데 그녀는 아무렇지도 않게 행동했다. 장애인을 장애인으로 생각하지 않는 것 같았다.

그녀의 속깊은 마음이 하나하나가 보이기 시작하자 그녀는 예쁜 동생이 아니라 여인으로 느껴졌지만 표시를 내지 않았다. 그러던 어느 날 그녀의 밸리댄스 공연을 보러 갔다. 앞으로 갈 수가 없어서 맨 뒷자리에 있었기 때문에 잘 보이지도 않았을 텐데 평소의 그녀와

아내와 함께

달리 손을 크게 흔들며 반갑게 맞아 주었다. 그때 나도 그녀의 마음을 읽을 수 있었다.

5년 동안 연인으로 서로를 알아가는 시간을 가진 후 2018년 평창 동계패럴림픽 선수 은퇴식을 마치고 결혼을 선언하였다. 열한 살이나 나이 차이가 났지만 같은 예술계에 몸담고 있다는 것이 서로를 이해하는데 큰 도움이 되었다.

무엇보다 그녀는 내가 건강했던 시절을 보지 않았기 때문에, 나를 만났을 때 이미 휠체어를 타고 있었기 때문에 장애인과 함께 살아갈 준비가 되어 있었다.

불효자는 웁니다

...

아버지는 광주 조선대학병원에 입원해 있을 때는 오시지 않았다. 신촌세브란스병원에 있을 때도 입원 후 한참 후에 오셨다. 아버지를 보기 전에는 아들이 다쳐서 병원에 누워 있는데 오지 않는 아버지가 야속했다. 그런데 막상 아버지를 보니 그동안 아버지가 얼마나 큰 고통 속에 있었는지를 한눈에 알 수 있었다.

멋쟁이 아버지 모습은 온데간데없고 어깨 위에 비듬이 떨어져 있는 초췌한 모습이었다. 아버지는 그런 모습을 용납하지 않는 분이었는데 사고 후 씻지도 않고 술에 의지해 사셨다고 한다. 목놓아 큰소리로 우셨다는 엄마 말씀이 생생히 되살아났다.

아버지는 강릉시청 공무원이셨다. 아버지는 키도 크고 잘 생긴 외모에다 멋쟁이여서 옷 사기를 좋아하셨다. 동네 아저씨들이 중요한 행사가 있을 때 아버지한테 양복을 빌리러 올 정도였다.

그런데 술을 좋아하고 여자들에게 인기가 좋아서 엄마 속을 무척 썩이셨다. 공무원 생활이 맞지 않았던 아버지는 시청을 그만두고 사업을 하다가 그야말로 쫄딱 망해 빚더미에 앉았다. 그래서 대관령이 있는 횡계로 이사를 갔다. 그곳에 고모가 살고 계셨기 때문이다. 도시에 살다가 산골로 들어가서 산다는 것이 어른들에게는 불편했겠지만 여섯 살 아이인 나는 너무 좋았다. 그곳의 겨울은 길고 대부분 눈으로 덮혀 있을 정도로 눈이 많이 와서 자연스럽게 눈썰매를 타고 놀았다.

아버지는 없는 살림에 목수에게 1천 원을 주고 고로쇠나무로 스키를 만들어 주셨다. 그 스키로 썰매를 타니 그동안 경험해 보지 못한 속도감에 소리를 지르며 즐거워했다. 너무 열심히 놀다가 스키가 부러져서 엉엉 울자 아버지는 목수가 만든 스키를 본떠서 직접 스키를 만들어 주실 정도로 자상했다. 우리 동네 아이들은 그렇게 스키를 만들어서 탔다.

우리 부모님은 아웅다웅하시다가도 노래를 같이 부르시고 또 이장집 마당에서 열리는 노래자랑에 함께 출전하여 당시 하춘화가 불러서 많이 알려진 '영감, 왜 불러' 이렇게 부부가 듀엣으로 부르는 노래 〈잘했군, 잘했어〉를 불렀는데 이 노래가 동네 스피커를 통해 마을 전체로 울려 퍼져서 화제가 되기도 했다.

엄마는 노래를 아주 잘 하셨다. 〈정선아리랑〉을 부르면 모두가 숨죽이고 감상할 정도였다. 엄마는 노래를 부르며 스스로를 위로하셨던 듯하다. 엄마는 노래를 부를 때 가장 행복해 보였다.

그런 모습을 봐서 그런지 나도 노래 부르기를 좋아했다. 사촌형이 자기가 쓰던 기타를 주었는데 그때부터 심심하면 기타를 치며 노래를 불렀다. 어느 날 형이 말했다.

"야, 너 운동하지 말고 가수해라."

하지만 그때는 무대에 서는 날이 오리라고는 상상도 못했다.

나도 아이를 키워 본 아빠이기에 아기들이 기저귀에 노란 똥을 싼 것을 보았을 때 그렇게 예쁘고 고마울 수가 없었다. 하지만 오줌을 가릴 나이가 되었는데도 잠자리에서 오줌 실수를 하면 시골에서는 키를 쓰고 옆집에 소금을 얻으러 갔었다. 창피스럽게 해서 다시는 오줌을 안 싸게 하기 위해서였다.

그런데 마흔이 넘은 아들이 똥을 싼 것을 본 엄마 심정은 어땠을까? 엄마가 강릉에서 올라오신다고 하여 고속버스 터미널로 모시러 갔다. 뭔가 다른 날과 달리 배 아랫부분에서 이상 징후가 있었지만 엄마를 기다리게 해서는 안 된다는 생각에 운전에 전념하였다. 운동신경과 함께 감각신경이 마비되어 똥싼 것을 모르고 있었다. 똥 냄새가 내 코에까지 들어오는데 시간이 걸렸다. 방귀 냄새는 본인 후각에 가장 늦게 감지되지 않는가.

엄마한테 아들이 똥을 싼 모습을 보여드릴 수가 없어서 차를 돌려 도망갈까 하는 생각이 들었지만 이미 엄마는 내 차를 발견하고 잰걸음으로 다가오고 있었다.

"엄마, 어떡해?"

"괜찮다."

엄마는 이미 눈치채셨고, 아무렇지도 않게 차에 타셨다. 엄마와 나는 군포 집까지 오는데 아무 말도 하지 않았다. 그저 엄마도 나도 폭발하려는 눈물을 꾸욱꾸욱 누르고 있었다.

엄마는 내가 다치고 난 후 단 하루도 거르지 않고 아침 기도를 하셨다. 아들에게 기적이 일어나기를 바라는 간절하고 절실한 의식이었다. 하지만 나는 일어나지 않을 기적에 매달리는 엄마가 싫었다. 화가 났다. 그래서 엄마에게 할 말 못할 말 가리지 않고 쏟아내곤 했었다.

아들 때문에 그렇게 마음고생, 몸고생하시던 엄마가 임파선암 진단을 받았는데 시술로 간단히 치료할 수 있어서 크게 걱정하지 않았다. 그러다 무릎관절염으로 혼자 이동하는 것이 불편하여 외부 활동을 하지 못하다가 치매 판정을 받으시고 요양병원에 계셨는데 그곳에서 임파선암이 심장으로 번져서 진단 후 2년을 채 못 사시고 2014년도에 하늘나라로 떠나셨다.

임종을 앞두고 엄마가 내 손을 잡고 힘겹게 하신 '고맙다!'라는 마지막 유언을 잊을 수가 없다. 내가 죽지 않고 살아 있는 것이 고맙고, 장애 속에서 열심히 살아가는 것이 고맙다는 뜻이었다. 엄마는 치매로 기억을 잃어가면서도 장애를 갖게 된 아들에 대한 애달픈 마음은 그대로 갖고 계셨다는 것을 그제야 알았다. 집안에서 가장 귀한 아들이었지만 엄마의 가장 아픈 손가락이었다.

　엄마가 돌아가신 후 아버지도 건강이 급격히 나빠졌다. 치매 증상으로 요양원에 계셨다. 2018년 봄 결혼할 사람이라고 그녀를 소개하자 너무 좋아서 손뼉을 치며 노래를 부르기도 하셨다. 그녀에게 연신 '고맙다.'고 머리를 숙였다. 아버지는 치매 속에서도 휠체어로 혼자 살아갈 아들을 걱정하였던 것이다.

　그 후 얼마 지나지 않아 2019년 아버지가 돌아가셨다. 아버지 장례식을 치루면서 정말 뜻밖의 경험을 했다. 엄마 때와는 달리 납골당 옆에 화장터가 새로 생겨서 이동을 하지 않고 장례 절차를 한곳에서 다 진행할 수 있는 것을 보고 아버지께서 아들이 불편할까 봐 납골당에 화장터까지 들어오게 하신 모양이라고 가족들이 입을 모았다.

　그런데 엘리베이터를 타고 내린 순간 눈앞에 낯익은 그림이 눈에 확 들어왔다. 〈오병이어〉라는 50호 크기 그림인데 그것은 강릉으로 이사온 후 미협 활동을 하며 액자값만 받고 강릉시청에 기증한 작품으로 당시 강릉시청 1층에 걸려 있었다. 그 후 강릉시청이 새청사를 마련하고 이전을 해서 그 작품이 어디에 있는지 몰랐었는데 놀랍게도 아버지를 하늘나라로 모시려고 온 화장터에서 그 작품을 만나니 정말 기적이 일어난 것 같았다.

　〈오병이어(五餅二魚)〉는 예수님이 다섯 개의 떡과 두 마리의 물고기로 5천 명을 먹였다는 나눔의 기적을 뜻하는 말인데, 나의 작품을 그 화장터에 오는 사람들이 계속 볼 수 있다는 것이 나에게는 오병이어 같은 기적이었다.

나는 1962년 다섯째로 태어났는데 아버지는 내가 태어났을 때 만세삼창을 할 정도로 무척 감격해하셨다고 한다. 엄마는 딸만 넷을 연이어 낳고 집안에서 핍박을 받으셨다. 아버지 형제들은 아들이 하나둘씩 다 있는데 우리 집만 아들이 없었기 때문이다. 그래서 내가 태어났을 때 엄마는 해방이 된 기분이었다고 한다. 너무 귀한 아들이라서 어렸을 때 내가 울면 위의 누나들은 동생 울렸다고 야단을 맞았다. 나는 네 명의 누나와 아래로 누이동생 2명, 남동생 1명의 8남매 속에서 너무나도 행복하게 어린 시절을 보냈다.

나는 누이들과 인형놀이 같은 여자아이들 놀이를 하며 놀았다. 그리고 누나들을 언니라고 불렀다. 학교에 입학하고 나서야 남자는 언니가 아니라 누나라고 불러야 한다는 것을 알았다.

지금도 누이들은 향수를 좋아하는 내게 향수 선물을 할 정도로 어렸을 때 못지 않은 우애를 보이고 있다. 올해는 바로 위 넷째 누나가 벤츠 향수를 보내 주었다. 향이 세련되어 사람까지 세련되게 만들어 주는 듯하여 벤츠 향수를 사용하면 기분이 좋아진다.

올 설명절에 고향 강릉에 다녀오는 길에 경기도 이천에 들렀다. 식당에서 식사를 하려는데, 옆테이블에 80대 중반으로 보이는 어르신과 아들로 보이는 50대의 남자가 식사를 하고 있었다. 그 모습이

군복무 시절

참 정겨워 보였다.

우리 아버지도 살아 계셨으면 나도 저렇게 아버지에게 맛있는 점심을 사 드릴 수 있었을 텐데 하면서 그 부자를 부러워하고 있었다. 그러다 그 두 사람이 식사를 마치고 일어서면서 하는 대화를 듣게되었다.

"아버지 카드 주세요."

아버지가 미처 외투를 다 입지 못한 상황이었고, 연로하셔서 서 있는 것도 힘드신지 아무 말 없이 외투를 겨우겨우 몸에 끼우고 있는데 아들이 짜증을 내며 퉁명스럽게 말했다.

"나 만 원밖에 없어요. 얼른 카드 줘요."

아버지는 늘 당하신 듯 멍한 표정으로 아무 말 없이 주머니에서 지갑을 꺼내어 어렵게 카드를 빼서 내밀자 아들이 카드를 뺏듯이 휙 가져갔다.

아버지가 아들 뒤를 따라 힘겹게 걸음을 옮겨 걸어가시는데 '아~ 이 상황 뭐지?'라는 울분이 끓어올랐다.

나는 빚을 내서라도 대접해 드릴 수 있는 부모님 한 분만이라도 계셨으면 얼마나 좋을까 싶은데 아버지에게 공손하지 못한 아들이 한심해 보였다.

부모님이 안 계시다는 것이 울타리가 허물어진 느낌이라는 것을 나는 뼈저리게 느끼고 있다.

가수의 꿈을 이루다

...

중학교 때 나의 꿈은 가수였다. 노래를 아주 폼나게 불러서 친구들 사이에서는 이미 가수였다. 선수 생활을 하면서도 노래를 부르며 긴장을 풀었다. 그런데 사고 후 노래를 잠시 잊고 있다가 장애인 스키를 시작하면서 노래를 다시 부르게 되었다.

2004년 강릉에서 경기도 군포시로 삶의 터전을 또 바꾸었다. 스키는 겨울스포츠여서 휴면기가 길었다. 그 휴면기가 지루해서 다시 서울로 올라온 것이다. 나는 이듬해부터 군포시장애인합창단 활동을 했다. 들어간 지 얼마 안 되어 합창단 리더가 되었다. 그 덕분에 합창단 지휘자에게 호흡법과 발성법을 배운 것이 가수가 되는데 큰 도움이 되었다.

2009년 KBS 라디오 '이무송·임수민의 희망가요'에서 주장원, 월장원을 거쳐 KBS홀에서 열린 연말 결선까지 올랐다. 그 후 군포시장애인가요제 대상, 군포시시민가요제 최우수상, 평화통일가요제 금

오디션에서

배은주 대표와 함께

상 등 가요대회에 나가서 좋은 성적을 거두었다. 나는 주로 트로트 노래를 불렀다. 하지만 가수의 꿈은 이루어질 수 없다고 생각했다.

그러던 어느 날 한국장애인국제예술단 배은주 단장이 전화를 주었다. 이미 그분의 활동을 알고 있던 터라 무척 반가웠다. 배 단장은 아주 화끈한 성격이었다.

"공연 봤어요. 계속 활동하시려면 자기 노래가 있어야 해요. 제가 음반 내드릴게요."

나는 그때 꿈을 꾸고 있는 것 같았다. 보통 음반을 내기 위해 여러 곳을 찾아다니며 부탁을 해도 될까 말까 한 일인데 이렇게 먼저 음반 제안을 받고 나니 어리둥절하였다.

킨텍스에서 공연을 하는데 휠체어댄스를 해 달라는 섭외를 받고 배은주 대표를 직접 보게 되었다. 드디어 가수의 길을 안내해 줄 은인을 만난 것이다. 이렇게 시작한 배 단장과의 인연으로 나는 한국장애인국제예술단 단원으로 활동을 하게 되었다.

2019년 장애인스타 발굴 프로젝트 이음가요제에서 금상을 수상하여 부상으로 앨범 제작 기회를 얻어 첫 번째 디지털 싱글음반 〈데스페라도〉를 제작하게 되었다. 1년여 동안 보컬트레이닝은 물론 가수 데뷔를 준비했다.

〈데스페라도〉는 사랑하는 아내를 위한 애정어린 가사로 황야의 무법자처럼 사랑에 있어서 만큼은 멈추지 않고 돌진한다는 남자의 박력과 사랑의 정열을 담은 곡이다. 정열적인 삼바풍의 트로트

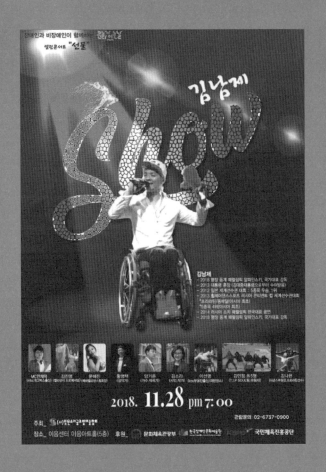

곡 〈데스페라도〉는 자기도 모르게 끌리는 중독성 멜로디와 누구나 들으면 쉽게 따라 부를 수 있는 대중성을 가진 중장년층을 겨냥한 노래이다.

내가 〈데스페라도〉를 부를 때 백댄서로 춤을 추는 사람이 바로 나의 아내이다. 나는 아내와 콜라보로 노래와 춤의 멋진 공연을 관객에게 선물하기 위해 연습에 연습을 거듭하며 공연을 열심히 준비한다.

이제 나는 가수로 무대에 섰을 때가 가장 행복하다. 사람들은 운동, 춤, 노래 가운데 어떤 것이 더 좋으냐고 묻지만 나는 다 좋다. 그때그때 최선을 다했기 때문이다. 노래를 부르는 가수로 나의 노래를 듣고 싶어 하는 곳이면 어디든 한걸음에 달려가서 노래를 부를 것이다.

다른 가수의 노래를 부르다가 내 노래를 부르자 제대로 표현해서 잘 전달해야 한다는 책임감이 느껴졌다. 노래를 부르고 나면 세상을 다 가진 것 같아 뿌듯하지만 늘 부족하다는 아쉬움이 든다.

가수는 무대가 있건 없건 연습을 한다. 마침 썸씽앱이라는 편곡 기능이 있는 앱이 있어서 노래 연습에 큰 도움이 되었다. 이 앱을 이용해서 만든 〈그 겨울의 찻집〉 노래를 SNS에 올렸더니 KBS 아침마당 작가가 전화를 주었다. 가수로서 공중파 TV에 출연한다는 것은 너무나 좋은 기회여서 출연 요청을 흔쾌히 받아들였다.

아침에 노래를 해야 하고, 생방송이라서 더 긴장이 되었다. 2, 3일

전부터 초저녁인 오후 6시에 잠자리에 들어서 새벽 2시쯤 일어나 목을 풀면서 바이오리듬 체인지를 하는 것이 아침잠이 많은 나에게는 무척 힘들었다.

2021년 12월 15일 KBS 아침마당 '도전 꿈의 무대'에서 진성의 〈태클을 걸지마〉를 부르기로 했다.

세상에 노래를 잘하는 사람은 얼마든지 많지만 휠체어를 타고 춤을 추면서 노래하는 사람은 아직까지는 나 혼자라는 생각에 '휠체어로 춤추는 가수'로 콘셉트를 정하고 나를 있는 그대로 드러내어 진심을 전하기로 하였다.

KBS '도전 꿈의 무대'에 나간다고 했을 때, 물심양면으로 도움 주신 분들이 있어서 든든했다. 가장 큰 지원군은 장예총 배은주 대표였고, MR 편곡과 노래지도로 애써 준 양기준 음악 감독, 발성법을 가르쳐 준 이유진 성악가와 가수로서 무대 매너를 지도해 준 김진 가수, 매니저로 애써 준 김용필 님 등 정말 많은 분들이 자기 일처럼 진심으로 도와주셨다.

1등은 하지 못했지만 패자부활전이 보름 후인 12월 29일에 있었다. 그때는 〈보릿고개〉를 불렀다. 이 노래의 가수인 진성 님이 자리에 앉아 계셨다. 나에게 등수는 중요하지 않았다. 대가수 진성 님 앞에서 노래를 부른다는 것 자체가 영광이었다.

노래에 힘이 너무 많이 들어갔다는 진성 님의 지적이 있었다. 나중에 방송을 보니 그 지적이 딱 맞았다. 그런 말씀이 앞으로 가수 생활을 하는데 큰 도움이 될 것 같다. 노래는 자연스럽게, 편안하게

가수 진성과 함께

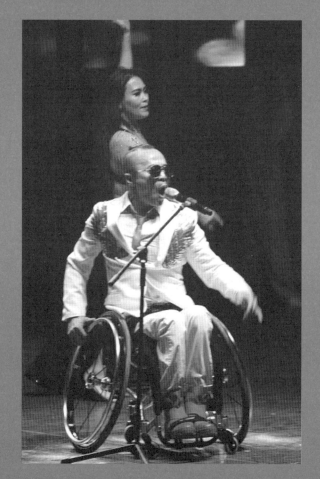

아내와의 콜라보 공연

가수 김장훈과 함께

표현하여 공감을 얻는 예술이라는 사실을 알았다.

'도전 꿈의 무대' 패자부활전에서 나는 2등을 하였다. 내 인생의 또 다른 도전이었다는 생각에 스스로 흐뭇했다. 지인들의 응원 전화와 응원 메시지가 쉴틈 없이 쏟아졌다. 잊을 수 없는 한 편의 인생드라마를 쓴 것 같은 느낌이었다. 긴장을 많이 한 탓에 피곤이 밀려왔다. 며칠 푹쉬고 싶다는 생각이 간절했다.

KBS 아침마당에 두 번을 출연하자 많은 분들이 알아보고 분에 넘치는 격려와 응원을 해 주었다. 어머니 얘기에 많은 감동을 받았다고… 그래서 나는 어머니가 모셔진 납골당에 갔다. 그리고 자신감 넘치게 말했다.

"엄마, 이제 내 걱정하지 마셔."

그리고 속으로 말했다. 기쁜 마음으로 지켜봐 달라고….

실속 없이 늘 바쁜 남자

...

2020년말부터 장애인문화예술계의 소식을 전하는 고정패널로 KBS 3라디오 '생방송, 함께하는 세상 만들기'(FM104.9 MZ)에 매주 목요일 아침에 출연하고 있다. 장예총 배은주 대표가 20년 가까이 하던 방송을 내가 이어받게 되었다. 1회 출연자로 방송에 나간 적은 많지만 장애인예술 전문가로 리포팅을 하는 것은 처음이었다. 아이템을 정해서 자료를 수집하고 내 생각을 보태서 전달하는 일이 생각보다 수고가 많이 들어갔다. 방송 준비를 하다 보면 일주일이 금방 간다.

잘 준비해도 막상 방송이 시작되면 발음이 꼬이고 생각처럼 술술 말이 풀리지 않아서 많이 헤맸다. 장애인예술행사에 사회자로 종종 나와 주었던 장웅 아나운서가 진행을 하여 마음이 안정이 되고 친절히 하나씩 가르쳐 주어 그동안 정말 많은 것을 배웠다.

그리고 방송을 준비하면서 열정으로 창작 활동에 정진하는 장애예술인들의 고된 삶을 접하게 되고 장애예술인지원법 등 장애인예

술 정책을 구체적으로 알게 되어 정말 큰 공부가 되었다.

강릉에서 살며 좋았던 일은 강원래를 만난 것이다. 강릉 거리에서 휠체어 사용자를 만나기란 쉽지 않다. 어떤 남자가 저 멀리서 휠체어를 타고 오는데 그 아우라가 예사롭지 않았다. 강원래라는 것을 한눈에 알 수 있었다. 그래서 내가 먼저 다가가 인사를 했다. 강원래가 아주 반갑게 인사를 받아 주었다.

서로 강릉에 대한 얘기를 했다. 나는 강릉에 산다고 했고, 그는 강릉에 클론댄스교실이 있어서 자주 내려온다고 하였다. 다음은 장애에 대한 얘기를 했다. 척수손상 레벨을 서로 알아맞히기를 하듯이 장애 정도 확인하기를 마친 후 나는 내가 하고 있는 일을 말해 주었다. 강원래는 나에게 바로 형님이라고 하였고, 나는 원래 아우라고 하며 서로 친한 사이가 되었다.

그 후 클론 카페에도 찾아가고 서울 가게에도 찾아가고… 원래 아우와 밥도 먹고 술자리에도 함께하며 주로 춤 안무 얘기를 나누었다.

강릉에 있는 클론 빌딩에 강원래연구소를 만들었다고 해서 잠시 들렀더니 원래 아우가 있었다. 요즘 만나면 강원래는 진정한 춤꾼이란 생각이 든다. 우리나라 대중 댄스의 역사를 총망라한 책도 썼고, 학문 분야에서 춤에 대한 열정을 보이고 있다.

공연을 다니다 보면 내가 좋아하는 가수들을 만날 때가 있다. 가수 진성 선생님을 굉장히 좋아해서 진성 노래를 많이 불렀었는데 3년 전 한 행사에서 뵙고 사진을 함께 찍은 적이 있다. 지난해 12월 KBS 아침마당에서 진성 선생님을 뵈었을 때는 심사위원이라서 다가가지 못하고 있었는데 먼저 나에게 오셔서 '우리 구면이죠?'라고 친근하게 알아봐 주셔서 그 따스함에 감동을 했다.

댄스스포츠 공연은 연습이 중요한데 연습장이 없어서 항상 고생을 한다. 그런데 파트너 덕분에 가수 정수라 님 연습실에서 연습을 하게 되었다. 다치기 전에 공연장에서 〈아, 대한민국〉을 열창하는 정수라 가수에 반해서 그 노래를 계속 흥얼거렸었는데 정수라 님을 2018년 그 연습실에서 직접 뵙게 되었다. 정수라 님은 오히려 내 춤에 감동을 받아 눈물을 글썽거렸다.

가수 이승철 님은 스키를 무척 좋아한다. 겨울철에 용평에 가면 우연히 만날 수 있을 정도로 스키맨이다. 내 후배 김학래 덕분에 이승철 가수와 식사도 함께하고 커피를 마시며 스키에 대한 이런저런 얘기를 많이 나누었다. 노란색 스키복을 입고 들어오면 사람들이 다 쳐다볼 정도로 스타 아우라가 있었는데 우리를 보면 허리를 굽혀 정중히 인사를 하여 참으로 예의가 바르다는 좋은 인상을 갖고 있다.

단국대학교에 선수로 특채 입학을 했는데 선수라고 반드시 체육

학과로 가는 것이 아니라 전공을 선택할 수 있었다. 그래서 나는 경영학과로 갔다. 선수 생활 후를 위해 필요한 공부라고 생각했다.

당시 장충식 총장님은 스키를 무척 좋아하는데 스키 선수를 키워서 겨울스포츠를 발전시켜야 국제사회에서 인정받을 수 있다는 소신이 강했다. 그래서 미국으로 4개월 스키 유학을 가게 되었다. 1982년 가을에 가서 1983년 봄에 돌아왔다. 미국 네바다주 레이크타호에서 스키 훈련할 때는 한국을 대표하는 선수가 되겠다는 의욕으로 불타올랐다. 학교에서 스키 유학을 간 것은 처음이어서 다른 학교 스키팀에서 우리를 무척 부러워했다.

줌(ZOOM)라이브로 현장감 있게 강연을 했다. 내용 전달의 책임감과 소중함도 절실히 느꼈다. 교육받는 분들의 진정성과 파급효과까지도 신경을 써야 한다. 순간순간 강한 임팩트도 필요하다.

강연은 혼자서만 하는 것이 아니다. 라이브 현장에서는 메인 강사와 기술팀장이 팀을 이뤄서 한 치의 헛점과 실수 없이 진행한다. 그리고 스케줄 조정과 강의 오더를 진행하는 사무국의 노고도 크다. 모두가 하나가 되어 원팀을 이루어야 한다.

이럴 때 나의 군대 생활이 떠오른다. 검은 밤 암흑천지 C123에서 뛰어내려 강하하던 그 강심장이 때론 필요하다. 떨지 않는 강심장은 검은 베레 특전사! 특전맨의 특권이다.

2021년 10월 의왕시 청계동에서 자동차힐링콘서트 '행복한 동행'이라는 신개념의 자동차 공연을 했다. 그날 부슬부슬 비까지 내렸지만, 자동차 안에서 관람하며 즐기는 분들이 행복해 보였다. 박수와 함성은 클랙슨과 깜박이로 화답해 주어 정말 멋진 공연이 되었다.

출연료가 아무리 적어도 무대가 그리워서 가겠다고 한다. 지방인 경우는 하루 종일 운전하고 가서 밥 사 먹고 나면 출연료보다 더 들 때도 있고, 출연료를 준다고 하고 안 주는 경우도 있다.

그런데 그보다 더 힘든 것은 휠체어무용을 할 수 있는 공간도 없고, 바닥이 매끄럽지 않아서 휠체어 바퀴를 굴리려면 있는 힘을 다해 팔을 써야 해서 무용의 아름다운 선이 만들어지지 않는 것이다.

그보다 더욱더 힘든 것은 관객들이 거의 없거나 주최 측이 내빈에만 신경을 쓰느라고 공연을 하고 있는데 방해를 하는 행동을 하는 것이다. 사실 공연에 집중만 해 주는 관객만 있다면 다른 어려움은 다 참아 넘길 수 있다.

어린 아내지만 나보다 더 어른스럽다. 장애예술인이 출연료로 생활을 한다는 것은 거의 불가능하다. 아내는 밸리댄스학원을 운영하여 생활을 꾸려 나간다. 늘 미안한 마음이다. 가수로 데뷔한 후 콘셉트를 '춤추며 노래하는 가수'로 정했기 때문에 아내가 댄서로 함께 공연을 한다.

그런데 코로나19로 공연도 없고, 학원도 운영에 많은 제약을 받아 최대의 고비를 맞았다. 요즘은 받을 수 있는 대출을 모두 받아

서 명맥을 유지하고 있다. 하지만 언제 문을 닫을지 모르는 위기 상황이다.

한국장애인고용공단의 장애예술인 단기 일자리사업을 한국장애인국제예술단에서 수행하게 되어 2020년과 2021년 2년 동안 1년에 5개월씩 봉급을 받을 수 있어서 생활에 큰 도움이 되었다. 앞으로 이와 같은 장애예술인 취업 제도로 안정적인 생활을 할 수 있기를 바란다.

(사)한국장애인문화예술단체총연합회에서 제1기 장애예술인 전문직업예술 교육생을 모집하는 사업에 응모하여 정서지원예술사 과정 공부를 했다. 전문교육의 기회가 없었기 때문에 교육이 소중하게 생각되었다. 내가 관심 있는 보컬트레이닝 스케줄을 좀 더 타이트하게 해서 더 많은 교육을 받고 싶었다. 보컬 트레이닝 강사가 나를 비롯한 교육생의 단점을 찾아내어 현장성 있게 트레이닝을 진행해 주어 큰 도움이 되었다.

가수로서 노래와 함께 휠체어댄스도 구사할 수 있어서 공연이 색다르고, 역동적이라서 대형무대 공연뿐만이 아니라 요양원 등 장애인시설을 찾아가서 노래와 춤을 통해 힐링을 할 수 있도록 해 드리는 것이 정서지원예술사의 역할이다.

나는 사람 부자

...

1990년 초 무주리조트가 오픈했다. 처음 개장한 스키장이라 스키계에 유능한 인재들이 스카웃되어 왔고, 그곳에서 레이싱팀 헤드코치(Head Coach)인 김남제 선배를 만났다. 나의 첫 임무는 지역 꿈나무팀 코치였다(이 어린 선수들이 후일 김용화 감독의 영화 〈국가대표〉의 실제 주인공이 된다).

김남제 선배는 초등학교 3학년부터 스키 선수 생활을 했고, 단국대학교를 졸업할 때까지 5년 동안 스키 국가대표 선수로 활동했다. 학사장교로 입대하여 특전여단 중위로 전역한 후에 무주리조트에 입사한 선배는 모든 면에서 유능했고 남자다운 남자이다.

무주에서 한국 스키 역사상 처음으로 듀얼로 스키경기를 치르는 세계프로스키연맹의 국제경기에 선배가 한국 프로 1호(2호 박승로)로 경기에 참가했다. 난 선배에게 기문 세팅에서 지도법, 레이싱 기술의 전반적인 부분까지 배울 수 있었다.

겨울이 지나면서 하계 영업 일환으로 무주리조트 패러글라이딩 팀이 꾸려졌는데 선배는 특전사 출신으로서 낙하산 낙하 경험이 많았으므로 자연스럽게 팀을 이끌게 되었다. 나도 지원해서 팀원이 되었다.

1992년 5월 4일. 우리는 어린이날 행사를 위한 리허설 비행을 위해 산 정상에 올랐다. 선배가 처음 이륙해서 바람과 기류의 변화를 무전기로 전송했고, 나와 이주환 팀원은 뒤이어 이륙했다.

스키하우스는 작은 성냥갑만 하게 보였다. 멀리 설천, 안성의 마을과 덕유산 구천동 일대가 발 아래의 시야에 들어왔다. 선배가 먼저 내려간다는 무전을 하고 하강하기 시작했다. 우리 둘은 높은 고도를 유지하며 선회하고 있었다. 공중에서 스키하우스 옆의 착륙장 우측으로 도착하는 선배를 보았다.

조금 후에 최철형 팀장(현 하이원리조트 근무)의 다급한 음성이 무전기를 타고 전해 왔고 이어 앰뷸런스가 달렸다. 그랬다. 선배의 글라이더가 리프트 선에 살짝 걸려 접히면서 앉은 채로 떨어진 것이다.

신은 모두의 바램인 기도 소리를 듣지 못했고, 선배는 끝내 하반신마비 판정을 받았다.

평생을 운동으로 활발하게 활동하던 선배의 심정은 어떠했을까, 가족과 주변 사람들은 이제 무엇을 어떻게 살아야 할까… 안타까움을 뒤로하고 당사자만이 오롯이 어둠을 응시할 뿐이다. 난 그 해 겨울이 지나고 퇴사를 했다.

(중략)

난 선배가 다시 스키장에 섰을 때가 가장 고마웠다. 처음 체어스키에 앉아 '아웃리거'(양 손에 끼고 방향과 중심을 잡으며 모든 동작을 제어하는 장비)를 끼고 연습을 하고 숙소로 돌아오면 손가락마디 마디의 고통과 마비로 잠을 이루지 못했다고 한다. 이것은 선배에게 아주 작은 아픔일 것이다. 장애인으로 이 사회에서 산다는 것, 장애인으로 살면서 무엇을 한다는 것보다 더 힘든 일이 세상에 또 무엇이 있을까… 난 심히 부끄러울 뿐이다.

신체의 장애보다 더 큰 장애는 도전하지 않고 포기하는 나약한 정신일 것이며, 공감하지 못하고 비웃고 무시하는 얼빠진 의식이 아닐까. 선배는 사람들 속에서 그저 웃는다.

"형~ 형한테 저 하얀 설원은 뭐에요?"

"음~ 내게 설원은 엄마와 같아. 아무리 눈보라 치고 추워도 눈 위에 서 있으면 포근하거든."(권혁일 후배의 스키 선수 다큐 〈그들만의 설원〉 인터뷰 중에서)

작은 거인 김남제, 휠체어 위에서의 선배님 인생에 경의를 표합니다. 선배님은 제 인생의 영원한 헤드 코치입니다.

위 글은 고등학교 후배인 김학래가 페이스북에 올린 글이다. 후배들에게 부끄럽지 않은 선배가 된 듯하여 나도 모르게 어깨가 펴졌다.

대한장애인체육회(Korea Paralympic Committee)에서 헤드 코치로

근무했고, 대한장애인스키협회 알파인스키 국가대표팀 감독에서 헤드 코치로도 일을 했다.

그래서 대한스키지도자협회(박재혁 회장)에서 2021년 초 장애분과위원회를 만들어 주었다. 장애분과위원은 5명인데 내가 위원장을 맡았다.

그래서 위원회 임원 스키복을 보내 주었는데 벽에 걸어 놓고 한참 쳐다보았다.

이 스키복은 대한스키지도자협회 레벨3 이상의 위상 높은 위원회 임원복이어서 나도 꼭 입어 보고 싶은 단복이었다. 그런데 장애인이 된 후 그 임원복을 입어 본다는 것이 너무나 꿈만 같았다.

강릉제일고등학교, 단국대학교 그리고 학사장교 6맥8기로 제5공수특전여단 정보장교를 한 덕에 지역적으로 강릉, 일은 스키 분야에서 많은 사람들을 알고 지냈다는 것이 살아가면서 큰 도움이 된다.

단국대 스키 선후배 모임이 있다. 다치기 전에는 술 마시고 춤을 출 수 있는 곳으로 다녔는데 내가 다치고 나서는 편의시설이 있는지를 살피고 약속장소를 정한다. 그래서 내 덕분에 우리 모임이 아주 건전해졌다고 부인들이 더 좋아한다고 한다.

다치고 나서 얼마 안 되었을 때는 스키 선후배들이 우리 집에 차를 가지고 와서 나를 데리고 나갔다. 운동을 했던 친구들이라서 나를 안고, 휠체어를 둘러메고 외출을 하면 무서울 것이 없었다.

이 친구들과 지금도 매년 강원도 여행을 갈 정도로 우리 우정은

POINT

시각·청각·지체 장애예술인들과 비장애인예술인들이
함께 무대에 올라 화합과 하나됨의 의미

아주 끈끈하다. 나는 선후배들이 나 때문에 이동에 제한을 받는 것이 늘 미안한데 그들은 오히려 나를 자랑스러워한다.

올초에는 교회에서 다문화가족들과 스키캠프를 하여 강연을 했다. 다치기 전 스키 선수 사진과 다친 후 좌식스키를 타는 사진을 보여 주면서 내가 살아온 이야기를 하였다. 그리고 다음 날 오전에 있는 스키강습에서 좌식스키에 대한 시범활주를 보여 주었다. 오후에는 용평리조트로 넘어갔다. 강원도 평창, 알펜시아에 오면 할일도 많고, 나에게 반갑게 인사를 하는 지인들도 많다.

집으로 가는 길에 횡계에 들러서 선배를 만나 맛있는 오삼불고기로 식사를 했다. 선배에게 밥을 살 수 있는 사람으로 살고 있다는 것이 행복하다.

생명의 꽃

...

시화집 「생명의 꽃」 (김남제, 2010)

김남제 대표작(「생명의 꽃」)

가시꽃

넌
붉게 솟은 성이다

날카로운 성벽으로
온몸을 휘감고
홍화로 핀 꽃

사랑을 앓고
도도하게 서 있다

그날 밤
붉은 물 뚝뚝
속눈에 배일까 차마 바라보지 못하는
가시꽃 눈물이 도도하다

찬비 내리는 날의 단상

하늘에서 먹물이 쏟아진다

풍경이 너덜거리는
젖은 화선지다
그 속으로 시커먼 빗줄기가 겹 사선으로
내리쳐져 얼룩지고 있는 아침

자위하듯
거칠게 성질부리는 비바람이
맘껏 동네 구석구석을 후벼 판다

속이 후련하다

한참을 요동친 지랄 같은 것들
안에서 느끼는 적요가
그 부다페스트 다누비우스 민박집 빨간 외등보다 짙다

오늘, 침 삼키듯
고요한 마음을 알 수 없다

빨강 우산이고 싶다

지금
마로니에 공원이야

앙상한 나뭇가지에
따스한 습기가 담겨 있어

오후에 내린 빗물이
아직 채 마르기 전인데

어두워진 공원
네온 불빛이 봄물을 적셔 내리고 있다

걷는 사람, 뛰는 사람
서 있는 사람에게도

봄물이 물들고 있어
나, 당신에게
빨강 우산이고 싶다

김남제

2016년 일요예술 무대
      거리로 나온 예술무대
      장애인 예술제 축하공연
      희망나눔콘서트(충남도청)
2015년 코리아오픈댄스 페스티벌(더K호텔)
      찾아가는 드림콘서트(노원구청)
2015~2013년 드림콘서트(대림대)
2014년 거리로 나온 예술(군포시)
      우리마을 찾아가는 예술무대(군포시)
      희망콘서트(광주시)
      힐링&토크콘서트(서울시)
2013년 군포시 거리로 나온 예술제
      찾아가는 콘서트(군포시)
      일요예술축제(군포시)